LIEUX HANTÉS 2

HISTOIRES VÉRIDIQUES D'ICI

Pat Hancock

Texte français de Claude Cossette

Éditions
SCHOLASTIC

À mon mari, qui me dit : « Tu peux y arriver »,
juste quand j'ai besoin de l'entendre

Catalogage avant publication de Bibliothèque et Archives Canada

Hancock, Pat

Lieux hantés 2 : histoires véridiques d'ici / Pat Hancock;
texte français de Claude Cossette.

Traduction d'histoires publiées dans Haunted Canada
et Haunted Canada 2.

Pour les jeunes de 9 ans et plus.

ISBN 0-439-94858-4

1. Fantômes--Canada--Ouvrages pour la jeunesse.
I. Cossette, Claude II. Titre.

BF1472.C3H35314 2005   j398.2'0971'05   C2005-904516-7

ISBN 13: 978-0-439-94858-6

Illustrations de l'intérieur : Andrej Krystoforski

Édition publiée par les Éditions Scholastic,
604, rue King Ouest, Toronto (Ontario) M5V 1E1.

6 5 4 3 2   Imprimé au Canada   08 09 10 11 12

AVANT-PROPOS

Qu'est-ce qui vous fait peur?

Un bruit provenant du sous-sol quand vous êtes seul à la maison? Un serpent qui s'enfuit en ondulant au moment où vous allez cueillir une fleur sauvage? Un coup de tonnerre assourdissant au milieu de la nuit? Toutes ces réponses? Aucune?

Différentes choses effraient différentes personnes et certaines personnes sont plus facilement terrifiées que d'autres. Mais un fantôme décapité dans une ruelle sombre ferait probablement mourir de peur n'importe qui. Je serais certainement terrorisée. Même chose si des feux s'allumaient mystérieusement dans mon salon ou si une main moite et invisible m'enserrait le poignet au moment où j'allais entrer chez moi. Je serais hantée par de telles expériences.

Dieu merci, rien de tout cela ne m'est arrivé. Mais au fil des années et d'un bout à l'autre du Canada, de vraies personnes, pas des personnages fictifs, ont raconté des histoires terrifiantes comme celles-là, des choses qui leur étaient arrivées. Certaines peuvent sembler plus crédibles que d'autres, mais elles me donnent toutes des sueurs froides. Lisez-les et constatez par vous-même...

RAPPEL D'UN AUTRE MONDE

Winnipeg, Manitoba

Laurence Irving était le fils de Sir Henry Irving, un célèbre acteur victorien. Sir Henry a été le premier acteur à avoir été fait chevalier. Comme son père, Laurence était un interprète de talent. La femme de Laurence, Mabel Hackney, aussi. Après avoir joué les premiers rôles dans une pièce présentée à Winnipeg en mai 1914, le populaire couple britannique a pris le train vers l'est, pour Québec. Là, il s'est embarqué sur le paquebot *Empress of Ireland* pour rentrer chez lui en Angleterre.

Le soir du 29 mai, alors que l'*Empress of Ireland* était toujours dans le fleuve Saint-Laurent, il a été heurté par un bateau norvégien. En quatorze minutes seulement, l'*Empress* a coulé, avec ses 1 014 passagers et son équipage. Laurence Irving et Mabel Hackney ont été les deux passagers les plus célèbres à périr si tragiquement cette nuit-là.

Les acteurs Mabel Hackney et Laurence Irving

Certains disent que les fantômes d'Irving et de Hackney n'ont jamais quitté le Canada et sont restés là où les acteurs avaient donné leurs dernières représentations : au théâtre Walker de Winnipeg. Construit en 1906, le théâtre a récemment été rebaptisé et porte le nom d'un chanteur : Burton Cummings. Il compte plus de 1 600 sièges et est l'hôte de nombreux événements artistiques. C'est aussi un endroit où des choses sinistres se produisent, des choses que certains mettent sur le compte des esprits des deux célèbres acteurs.

Entendre des applaudissements dans un théâtre n'a rien de terrifiant; c'est même tout à fait normal. Mais s'ils proviennent de rangées inoccupées? On raconte que c'est arrivé au théâtre Burton Cummings. On prétend aussi que de lourdes portes en acier s'ouvrent et se ferment. Qui applaudit? Qui ouvre et referme les portes? Qui ne cesse de fermer les portes des loges après que le surveillant de nuit s'est assuré qu'elles étaient ouvertes? Irving et Hackney rôderaient-ils dans le théâtre, continuant à répondre aux rappels tant d'années après leurs derniers saluts?

Un gardien de sécurité ne trouve pas si farfelue l'idée que les fantômes des acteurs hantent le théâtre Burton Cummings. Après tout, c'est lui qui s'est décidé à maintenir les portes des loges ouvertes avec des cales pour constater, au moment de la vérification suivante, qu'elles avaient été enlevées d'un coup de pied et que les portes étaient refermées. C'est aussi lui qui a raconté que ses chiens, habituellement doux et pleins d'entrain, agissaient de façon étrange pendant les rondes de nuit avec lui. Au lieu de tirer sur leur laisse pour le devancer, ils se collaient souvent contre ses jambes, comme si quelque chose les effrayait. Ils se mettaient également à aboyer tout à coup, sans raison apparente.

Peut-être les chiens pouvaient-ils entendre ou sentir ce que le magnétophone d'un reporter d'investigation a enregistré une nuit, alors que l'oreille humaine n'avait rien détecté. Bien que le théâtre ait été vide, un magnétophone laissé en mode enregistrement pendant quelques heures a capté des bruits de pas, le son d'un marteau et même quelques chuchotements. Un de ces chuchotements ressemblait à : « Please... » (S'il vous plaît).

DES BRUITS ÉTRANGES
DANS LA NUIT

Kenosee Lake, Saskatchewan

Niché sur le flanc sud-est du parc provincial Moose Mountain, Kenosee Lake est une station estivale populaire, aux paysages impressionnants. La pêche y est bonne et les aires de camping, superbes. Et pour ceux qui cherchent un divertissement d'un autre monde, on dit aussi qu'il y a un club de nuit hanté.

Depuis plus de 10 ans maintenant, les gens parlent des événements sinistres qui sont arrivés à l'auberge Moosehead, une ancienne salle de danse qui a déjà été le lieu de rassemblement favori des adolescents.

En 1990, Dale Orsted, un résidant d'Estevan, a acheté

l'auberge et décidé d'y faire des travaux. Mais au bout de quelques mois seulement, il a commencé à remarquer que des objets, comme des cendriers, de la coutellerie, des verres et des bibelots, disparaissaient à un rythme inhabituel.

Au début, M. Orsted s'est dit que quelques clients ou membres du personnel souffraient probablement de cleptomanie aiguë. Mais les articles se sont mis à réapparaître, souvent dans des endroits insolites. Puis M. Orsted a commencé à entendre des bruits assourdissants : des coups sur la porte d'entrée verrouillée, des pas pesants aux étages supérieurs. Le vacarme pouvait durer des heures. En proie à la frustration et à la peur, M. Orsted a appelé la police, qui n'a pu en trouver la cause.

En 1992, les choses sont allées de mal en pis. Une nuit, après le départ des derniers clients, M. Orsted et un ami ont entrepris d'arracher un vieux tapis malodorant. Le tapage a repris presque immédiatement, mais cette fois, plus fort que jamais. Le bruit que faisaient de gros objets métalliques entrant en collision était tel que les carreaux de fenêtre volaient presque en éclats.

Toute la semaine, nuit après nuit, ils ont subi ce vacarme irritant jusqu'à ce que le nouveau tapis soit complètement installé. Jusqu'alors, M. Orsted avait ri toutes les fois que quelqu'un insinuait que son hôtel pouvait être hanté. Après cette semaine éprouvante, il a adopté bien malgré lui – et contre toute logique – ce point de vue.

La présence d'un fantôme pourrait aussi expliquer d'autres choses qui avaient commencé à se produire à Moosehead. Les lumières clignotaient plusieurs fois la nuit, le lave-vaisselle se mettait en marche et s'arrêtait tout seul, un seau était lancé sur la piste de danse et les portes de secours verrouillées s'ouvraient et se refermaient brusquement. Les habitués étaient excités de se trouver là quand quelque chose du genre se produisait, mais ils étaient aussi un peu nerveux, tout comme M. Orsted. Il habitait à l'auberge depuis qu'il en était propriétaire, mais pendant deux ans, au milieu des années 1990, il est retourné à Estevan et s'est rendu à son travail en voiture tous les jours afin de se reposer un peu du stress qu'il vivait à Kenosee Lake.

Quand le bruit a couru qu'il y avait des problèmes à Moosehead, des équipes de tournage canadiennes et américaines se sont présentées sur les lieux pour filmer l'histoire de l'hôtel hanté. Des reporters d'investigation ont écrit sur les incidents sinistres que M. Orsted, sa petite amie, des amis et les serveurs qui travaillaient là avaient vécus. Une médium qui avait lu un article sur le sujet a téléphoné à M. Orsted pour dire que ses rénovations avaient probablement déplu au premier propriétaire, Archibald Grandison. Selon elle, l'esprit du vieux gentilhomme était fort probablement à l'origine des plaintes mélancoliques que M. Orsted avait commencé à entendre de l'autre côté de la porte de sa chambre.

En fin de compte, M. Orsted a décidé d'arrêter de se battre et de tirer profit de sa situation difficile et pour le moins étrange. L'idée lui est venue d'organiser, à l'auberge, une foire sur les phénomènes métapsychiques. Plusieurs personnes s'intéressant aux fantômes et au paranormal se sont présentées à sa foire, qui s'est révélée un événement très divertissant, même pour tout le village.

Pendant la foire, M. Orsted a participé à une réunion spéciale, appelée séance, organisée par une médium qui disait avoir détecté trois différents fantômes dans l'auberge. Elle affirmait pouvoir convaincre deux d'entre eux – une femme de ménage et un adolescent qui s'était noyé – de quitter les lieux. Mais le troisième – un vieil homme qui pourrait avoir été Archibald Grandison – semblait déterminé à rester sur les lieux jusqu'à ce qu'il soit certain qu'on s'occupe bien de sa veuve.

Mme Grandison était la voisine immédiate de M. Orsted. Celui-ci aimait bien la vieille femme et veillait déjà sur elle, de façon amicale; il ne lui en coûtait donc pas d'essayer de faire des efforts supplémentaires pour s'en occuper. Aussitôt qu'il a commencé à le faire, le nombre d'incidents sinistres a diminué de façon importante. En 1999, lors du décès de Mme Grandison, le fantôme – et M. Orsted – ont enfin trouvé la paix.

POSSESSION

Amherst, Nouvelle-Écosse

Il arrive qu'un fantôme hante une personne, et non un lieu. Qu'importe où va cette personne, des choses sinistres se passent. Les spécialistes en matière de fantômes attribuent généralement ce phénomène à un type particulier de revenant – l'esprit frappeur. Les esprits frappeurs sont des semeurs de discorde. Ils cachent des choses, produisent des bruits terrifiants et font voler des objets d'un bout à l'autre d'une pièce. Ils ne restent pas pour toujours et importunent souvent une jeune personne. Cette description correspond à ce qui est arrivé à Esther Cox, mais seulement jusqu'à un certain point. L'esprit frappeur qui l'avait prise pour cible ne faisait pas que la harceler, elle. Pendant près d'une année qui a débuté en septembre 1878, il a transformé sa vie en enfer sur terre.

Esther Cox avait 18 ans quand le cauchemar a commencé. Elle vivait alors chez sa sœur mariée, Olive, et son mari, Daniel Teed. Le frère d'Esther, William, et son autre sœur, Jane, habitaient aussi dans la maison en bois de deux étages, à Amherst. Il y avait aussi les jeunes enfants de Daniel et Olive, ainsi que John, le frère de Daniel. Esther et Jane partageaient une chambre dans la maison confortable, mais bondée.

Une nuit, au début de septembre, Jane s'est réveillée en entendant Esther chuchoter qu'il y avait des souris dans le lit. Jane a d'abord cru que sa sœur s'imaginait simplement des choses. Puis elle aussi a entendu les grattements. Quand les deux sœurs ont sauté du lit, elles se sont rendu compte que les sons provenaient plutôt de sous le lit. Elles en ont tiré une boîte de carton basse contenant des carrés de patchwork, s'imaginant que les petits rongeurs s'y fabriquaient un nid. Elles ont traîné la boîte au centre de la pièce, mais celle-ci a aussitôt semblé prendre vie. La boîte s'est projetée dans les airs, puis s'est renversée sur le côté. Quelques secondes après, elle s'est soulevée de nouveau, puis est retombée.

Les sœurs se sont mises à crier à l'aide. Leur beau-frère, Daniel, s'est précipité pour voir ce qui n'allait pas. Mais après avoir entendu leur récit, il leur a dit qu'elles devaient avoir rêvé et leur a conseillé de retourner se coucher. La nuit suivante, cependant, tous les adultes de la maison sont accourus dans la chambre à coucher quand Jane a crié au secours. Ce qu'ils ont vu leur a quasiment retourné l'estomac. Esther, qui hurlait et se tordait de douleur dans son lit, s'est mise à gonfler comme un cadavre boursouflé. Des coups assourdissants et des claquements ont alors retenti dans la pièce. Beaucoup de ces bruits venaient d'en dessous du lit. Soudain, après un coup strident, le corps d'Esther s'est dégonflé et la pauvre jeune femme est tombée dans un sommeil profond.

Quand la même scène s'est reproduite, quatre nuits plus tard, la famille d'Esther a demandé au médecin de venir. Après avoir écouté ce qui lui semblait être des absurdités, le médecin leur a dit qu'Esther avait seulement de sérieux problèmes de nerfs. Mais tout de suite après que le diagnostic a été posé, l'oreiller d'Esther s'est mis à avancer et à reculer, et ses couvertures se sont arrachées du lit pour s'envoler à l'autre bout de la pièce. Les bruits assourdissants ont recommencé, mais ils étaient loin d'être aussi effrayants que le nouveau son, moins fort, qu'ils ont ensuite entendu : un grattement qui leur a tous fait lever les yeux. Là, au-dessus de la tête de lit, des mots se dessinaient. Le message, écrit par la force invisible, donnait froid dans le dos : « Esther Cox, je peux te tuer. »

À partir de ce moment, la peur a envahi la maison, et avec raison. Les activités surnaturelles ne s'en tenaient pas qu'à la chambre à coucher d'Esther. Quelque chose clouait sur le toit et lançait des pommes de terre partout dans la cave. Les coups prenaient un rythme étrange, comme si quelqu'un tentait de communiquer. Il semblait que ce qui hantait la maison pouvait entendre et voir ce qui s'y passait. Quand on lui demandait quelque chose comme : « Combien y a-t-il de personnes dans la pièce maintenant? », il répondait par le nombre exact de coups.

En décembre 1878, Esther est tombée gravement malade. Elle a passé deux semaines au lit à combattre la diphtérie. Sa famille, qui prenait bien soin d'elle, n'a pas pu s'empêcher de constater que la maladie leur avait apporté un heureux répit. Pendant ces deux semaines, rien d'anormal ne s'est produit dans la maison, pas une seule fois. Quand Esther s'est sentie assez en forme pour voyager, elle est allée passer quelques semaines chez une autre de ses sœurs mariées, à Sackville, au Nouveau-Brunswick, permettant ainsi à la maisonnée d'Amherst de se reposer encore de toutes ces horreurs.

Mais peu après le retour d'Esther au début de janvier, les choses ont empiré. En plus des bruits et des objets qui se déplaçaient, il y avait des allumettes qui s'allumaient soudain près du plafond et retombaient par terre, toujours en feu. Le danger d'incendie était devenu très réel – particulièrement la fois où Esther a entendu une voix disant que la maison allait brûler. Pour le bien de sa famille, Esther devait partir.

Au cours des mois qui ont suivi, Esther a entrepris une quête solitaire pour trouver la paix. Même aller à la messe ne lui apportait pas de réconfort. Elle a dû arrêter d'assister aux services dominicaux parce que les cognements et les bruits de marteau l'y accompagnaient, dérangeant les autres et l'humiliant. Les White, un couple de fermiers qui avait besoin d'aide, l'ont accueillie, mais bien qu'ils aient apprécié son dévouement au travail, ils ne pouvaient supporter que des outils disparaissent et que des objets volent dans tous les sens.

En mars 1879, le capitaine James Beck a invité Esther à Saint-Jean, au Nouveau-Brunswick. Espérant mieux comprendre ce qui lui arrivait, il a convié un groupe de gens qui s'intéressaient aux communications outre-tombe à rencontrer Esther et à poser des questions à l'esprit qui la hantait. Ils en ont conclu que plusieurs fantômes hantaient Esther. Un autre homme, Walter Hubbell, a tiré la même conclusion.

Hubbell était un acteur américain en tournée dans les Maritimes en 1879. Comme bien d'autres qui avaient lu les articles de journaux sur le cauchemar d'Esther, Hubbell voulait voir de ses yeux ce qui se passait à Amherst. En juin, peu de temps après le retour d'Esther chez elle, Hubbell s'est présenté à la maison familiale et a été stupéfié par ce dont il a été témoin au cours des semaines suivantes. Il a plus tard écrit un court récit, *The Haunted House* (La maison hantée), dans lequel il a raconté avoir vu un parapluie voler, un couteau à découper fendre l'air à toute vitesse, des chaises se briser toutes seules et, peut-être le phénomène le plus troublant, des centaines d'aiguilles se planter dans le corps tourmenté d'Esther. Hubbell a aussi raconté s'être trouvé avec Esther quand, dans un état s'apparentant à une transe, elle avait parlé des nombreux esprits invisibles qui l'entouraient et les avait même nommés.

À un certain point, Hubbell a tenté de transformer la condition malheureuse d'Esther en entreprise lucrative. Il a organisé une tournée avec elle afin de présenter son histoire, un peu comme une pièce de théâtre. Mais après une seule représentation devant un auditoire déçu, il s'est rendu compte que les fantômes d'Esther ne se manifestaient pas sur demande – une chose sur laquelle il comptait pour attirer des foules nombreuses. Hubbell a quitté la ville peu après, mais ses efforts pour faire de l'argent n'ont pas été complètement vains. Son livre portant sur ce qu'on appelait maintenant « le grand mystère d'Amherst » a connu un succès de librairie.

Après le départ d'Hubbell, Esther a réussi à trouver un travail dans une ferme d'Amherst, celle d'Arthur Davison. Comme les White, les Davison étaient prêts à accepter quelques objets volants et des bruits étranges, mais pas des feux inexpliqués. Lorsque sa grange a brûlé, M. Davison a rejeté la faute sur Esther. Elle a été accusée de pyromanie criminelle, jugée coupable et condamnée à quatre mois de prison. Des gens du village l'ont toutefois prise en pitié et sont parvenus à convaincre les autorités de la relâcher après seulement un mois.

Heureusement, à la fin de 1879, les esprits qui hantaient Esther l'ont enfin laissée en paix. Par la suite, elle a épousé un homme de Springdale, en Nouvelle-Écosse, et a eu un petit garçon. À la mort de son premier mari, elle s'est remariée, a déménagé au Massachusetts et mis au monde un autre garçon. Elle est morte en novembre 1912, à l'âge de 52 ans. Des années plus tard, la maison où son calvaire avait commencé a été démolie pour faire place à des commerces, au centre-ville d'Amherst.

Mais l'esprit d'Esther Cox est toujours vivant. « Le grand mystère d'Amherst » a été décrit dans des livres et des articles qui ont été publiés partout dans le monde et l'expérience cauchemardesque d'Esther est toujours considérée comme l'une des histoires de fantôme les plus populaires.

LA FEMME EN NOIR

Johnville, Nouveau-Brunswick

Le 3 mai 2001, le feu a détruit le pont couvert Keenan près de Johnville, au Nouveau-Brunswick. Des résidants du coin ont déploré la perte d'un élément si important de l'histoire régionale. Le pont en bois avait été construit en 1927 pour remplacer le premier pont couvert qui s'y trouvait et qui enjambait la rivière Monquart. De nombreuses personnes étaient tristes aussi à l'idée que les flammes avaient détruit quelque chose d'autre – le fantôme qui avait hanté les deux ponts pendant plus d'un siècle.

Les histoires à propos du fantôme ont commencé à circuler à la fin des années 1800, quand une femme âgée est entrée dans le pont un jour pour ne plus en sortir – du moins pas en vie. Après sa disparition, des gens se sont mis à parler d'une étrange femme habillée de vêtements noirs démodés qu'ils avaient aperçue sur le pont. Elle ne parlait jamais à personne et s'éloignait toujours quand quelqu'un essayait de l'approcher.

Mais elle ne semblait pas gênée de faire les premiers pas. Silencieusement, mystérieusement, et sans prévenir, elle apparaissait soudain dans une charrette ou un traîneau – ou dans les dernières années, même dans une voiture – assise à côté de la personne au volant du véhicule traversant le pont. Elle s'assoyait le dos bien droit, le regard vitreux et absent fixé droit devant. Pire encore, quelquefois, elle n'avait pas de tête.

Se trouver tout à coup en présence d'une telle apparition pouvait être une expérience absolument terrifiante. Un fermier qui traversait le pont pour aller visiter sa sœur s'est soudain rendu compte que la femme en noir était assise tout à côté de lui, sur le siège de la charrette. Il était paralysé de peur. Les rênes pendaient mollement dans ses mains, mais son cheval continuait à avancer. Puis, au moment où sa charrette a tourné pour emprunter l'allée menant chez sa sœur de l'autre côté du pont, il s'est évanoui.

Quand l'homme est revenu à lui, la femme fantôme avait disparu et le cheval était pris de panique. Il a tiré sur les rênes pour arrêter la bête affolée, a sauté de la charrette et s'est précipité chez sa sœur. Mais il était tellement abasourdi par ce qui était arrivé qu'il lui a fallu une semaine avant de trouver le courage d'en parler.

Plusieurs personnes qui ont rencontré la femme en noir étaient comme cet homme. Elles n'aimaient pas parler de ce qu'elles avaient vu. Ainsi, lorsque le pont Keenan a brûlé et été jugé irréparable, elles ont dû être soulagées. Le fantôme était sûrement parti pour toujours. Mais imaginez à quoi elles ont pensé quand elles ont vu une photo du pont brûlé qu'un employé du service des transports avait prise. Là, sur un morceau de billot fumant, se trouvait l'image obsédante du visage d'une femme. Peu après que la photo a été prise, le visage sur le billot carbonisé a disparu.

Un nouveau pont a été construit sur la rivière Monquart, près de Johnville. Seul le temps nous dira si la femme en noir va décider de s'y promener.

Les restes fumants du pont Keenan.
En médaillon : Voyez-vous un visage?

MORT DE PEUR

Scotchfort, Île-du-Prince-Édouard

Les gens continuent à parler de certains événements étranges et angoissants longtemps après qu'ils se sont produits. Ce qui est arrivé à Peter MacInctyre est si terrifiant que certaines personnes en parlent toujours, après plus de 200 ans.

MacIntyre faisait partie des centaines d'Écossais des Hautes-Terres qui sont partis en bateau de l'Écosse, à la fin des années 1700, en quête d'une vie meilleure. Comme tant d'autres, sa destination était l'Île-du-Prince-Édouard, qui s'appelait alors St. John's Island. Son dernier arrêt était un endroit appelé Scotchfort, à environ 30 km au nord de Charlottetown.

Pour MacIntyre et les autres nouveaux arrivants, la vie était dure, mais elle était bonne. Ils se sont installés rapidement, ont défriché, construit des maisons et ensemencé leur terre. Avant longtemps, ils ont commencé à se sentir comme chez eux.

Un soir, MacIntyre a décidé de se rendre au magasin général, où les hommes du coin se rassemblaient souvent pour discuter. Juste comme il l'espérait, il y a trouvé quelques-uns de ses voisins, assis autour du poêle à bois, parlant du travail et de leur famille. À un moment donné, selon l'histoire qu'on raconte toujours, un homme du nom de Ben Peters a mentionné le vieux cimetière français, non loin de là. Beaucoup de gens croyaient déjà que les esprits des morts n'y reposaient pas toujours en paix. Ainsi, lorsque Peters a raconté avoir vu une grosse boule de lumière enflammée se balancer au-dessus du cimetière, personne n'a été très surpris. Personne, sauf MacIntyre.

MacIntyre, qui était relativement nouveau à Scotchfort, n'avait pas eu vent de toutes les rumeurs au sujet des étranges choses qui se passaient au cimetière. Et même s'il avait été au courant, il n'y aurait probablement pas cru. Les superstitions idiotes à propos des morts ne lui faisaient pas peur et, ce soir-là, il a assuré à tous qu'il ne se laisserait pas effrayer par des histoires comme celle que Peters venait de raconter. Mais les autres hommes l'étaient. La description que Peters avait faite de la lumière sinistre flottant au-dessus des tombes leur avait donné des frissons dans le dos.

Ils ne voulaient toutefois pas avoir l'air de poules mouillées devant MacIntyre. Alors, au lieu d'admettre qu'ils étaient terrifiés, ils l'ont défié de prouver qu'il n'avait pas peur. Si, comme il l'affirmait, il n'y avait que des os desséchés, silencieux et inertes dans le cimetière, alors il ne devrait pas avoir peur d'y passer une partie de la nuit.

MacIntyre a déclaré qu'il n'avait pas peur du tout de relever leur défi. En fait, a-t-il ajouté, il le ferait cette nuit-là.

Pour s'assurer qu'il y irait vraiment, un homme a saisi une fourche appuyée contre le mur, l'a tendue à MacIntyre et lui a dit de la planter dans le sol, au milieu du cimetière. Les hommes ont convenu que, s'ils la trouvaient là le lendemain, ils remettraient à MacIntyre une grosse blague de tabac. MacIntyre a déclaré avoir hâte de remplir sa pipe avec son prix et est sorti dans la noirceur, fourche en main.

Le lendemain, quelques hommes ont pris le chemin du cimetière. En route, ils se sont arrêtés chez MacIntyre. Ils l'ont appelé mais, pour toute réponse, ils ont entendu le bruit d'animaux de ferme affamés, attendant qu'on les nourrisse. MacIntyre n'y était pas et il ne devait pas y avoir été plus tôt, car il aurait nourri son bétail. Nerveux, les hommes ont continué leur route, remerciant le ciel que le soleil soit toujours haut dans le ciel. Quand ils sont arrivés près du cimetière, ils ont appelé MacIntyre de nouveau.

Le silence qui les a accueillis leur a donné la chair de poule. Mais la scène qui les attendait plus loin était beaucoup plus effrayante qu'ils n'auraient pu se l'imaginer. C'était le manche de la fourche qui les avait fait s'avancer plus loin dans le cimetière. Il sortait tout droit de la terre, comme s'il marquait un endroit en dessous. Et lorsqu'ils se sont approchés, ils ont aperçu ce qui s'y trouvait.

MacIntyre était là, allongé sur une vieille tombe. Il avait les yeux grands ouverts et la bouche tordue de frayeur. Les hommes se sont précipités vers lui, prêts à lui offrir leur aide.

Mais MacIntyre n'avait pas besoin d'aide. Un homme a touché sa main; elle était froide et raide. MacIntyre était mort depuis des heures et, d'après son expression, il n'avait pas connu une mort douce. Luttant contre le sentiment d'horreur qui les envahissait, les hommes se sont penchés pour ramasser le corps de MacIntyre, mais ils ont été incapables de le soulever. C'est alors seulement qu'ils ont remarqué que la fourche avait été plantée dans le long manteau de MacIntyre, lequel était étalé sur le sol sous lui.

Quelqu'un – ou quelque chose – avait planté cette fourche dans le sol après que MacIntyre était tombé par terre. Mais qui? Ou quoi? C'est la question que certaines personnes se posent encore, 200 ans plus tard.

L'INVASION

Baldoon, Ontario

Lorsque John T. McDonald a installé sa nouvelle femme dans la maison qu'il avait construite près de chez son père, il avait hâte d'y mener une vie paisible et heureuse avec la famille qu'ils fonderaient. Il avait l'intention de continuer à cultiver la terre qu'il partageait avec son père dans le petit village de Baldoon, non loin de ce qu'on appelle maintenant Chatham, en Ontario. Et les choses se sont plutôt passées comme prévu... jusqu'en 1829. Les McDonald avaient alors trois enfants, dont un encore en bas âge. Jane, une adolescente et cousine de John, vivait avec eux et aidait Mme McDonald à s'occuper des enfants et des tâches ménagères. Mais tôt au début de l'été 1829, la maison des McDonald a été l'hôte de ses premiers invités très indésirables.

Tard une nuit, Mme McDonald a été tirée de son sommeil par un bruit; quelqu'un s'affairait dans la cuisine. Effrayée, elle a réveillé son mari d'un coup de coude et tous les deux sont restés allongés sans faire de bruit, à se demander ce qui pouvait bien se passer. Le bruit s'est amplifié comme si, maintenant, plusieurs personnes se traînaient avec peine de l'autre côté de leur porte. Soudain, ils ont entendu leur bébé qui pleurait dans sa chambre, une minuscule pièce attenante à la cuisine. C'était un appel à l'action. M. McDonald a sauté du lit et ouvert la porte de la cuisine d'un coup sec. Il a été étonné et troublé par ce qu'il a vu. La pièce était vide et d'un calme inquiétant.

Après avoir réconforté le bébé, les McDonald ont décidé de ne pas parler de ce qui était arrivé. Ils n'ont pas dit à leurs voisins non plus qu'ils avaient entendu des pas pesants se diriger vers leur porte d'entrée, d'autres nuits au cours de l'été, ni que certains membres de la famille sentaient, de temps à autre, une présence invisible les suivre partout dans la maison. Ils ne voulaient surtout pas que tout le monde à Baldoon se mette à chuchoter que leur maison était hantée. Mais les gens ont commencé à parler ouvertement, pas seulement à chuchoter, quand ils ont appris ce qui était arrivé dans la grange des McDonald, plus tard au cours de l'automne.

De nombreux fermiers de Baldoon travaillaient ensemble pour rentrer le reste de la récolte et plusieurs jeunes femmes, dont Jane, s'étaient réunies dans la grange des McDonald pour fabriquer des chapeaux de paille. Tout à coup, une lourde poutre s'est écrasée sur le sol de la grange, non loin des jeunes filles. Effrayées, celles-ci se sont rassemblées dans une autre partie de la grange pour continuer leur travail. Peu de temps après, cependant, une autre poutre s'est détachée... puis une autre.

Apeurées, mais non blessées, les filles se sont précipitées hors de la grange pour trouver refuge dans la maison. Se sentant en sécurité dans la cuisine, elles se sont peu à peu calmées. Mais pas pour longtemps. Même si on n'entendait aucun coup de feu, des balles ont commencé à transpercer les fenêtres en laissant des petits trous ronds dans le verre. Les balles ne traversaient pas la pièce en sifflant. Elles tombaient simplement par terre après avoir passé à travers les panneaux. Mais les jeunes femmes craignaient pour leur vie. Elles ont quitté la maison en courant et se sont rendues à travers champs dans une autre ferme.

Au début, les voisins n'ont pas cru les filles et leurs explications confuses. Puis un jeune homme est arrivé. Cherchant Jane, il s'était d'abord arrêté chez les McDonald, avait remarqué les trous dans les fenêtres et était entré pour voir ce qui se passait. Il avait vu les balles sur le sol et en avait glissé une dans sa poche. Quand il l'a sortie, l'histoire des filles est devenue plus convaincante. La nouvelle s'est répandue et avant longtemps, les langues allaient bon train dans la communauté de Baldoon pour commenter les événements anormaux chez les McDonald.

Au cours des mois suivants, d'autres balles ont transpercé les fenêtres, puis des pierres et des plombs servant à retenir les filets de pêche. Les incidents affolants se produisaient habituellement en après-midi et tôt en soirée; ainsi des groupes de voisins curieux en étaient souvent témoins. Ils ont non seulement vu des projectiles voler dans la maison, mais aussi des bouilloires remplies d'eau bouillante se soulever de l'âtre, des chaises et des lits se déplacer comme s'ils étaient poussés par des mains invisibles et des couteaux fouetter l'air à travers la cuisine. Difficile à croire, mais personne n'a jamais été blessé, du moins, pas physiquement.

Mais les McDonald souffraient. Ils ne pouvaient trouver

aucune explication plausible à ce qui leur arrivait et ils ne se sentaient plus en sécurité dans leur propre maison. En désespoir de cause, et dans le but de mettre un terme à leurs tourments, ils ont demandé à des prêtres et des pasteurs de prier pour eux, et ont consulté des spécialistes du paranormal et des chasseurs de sorcières maléfiques, mais en vain. En fait, les choses sont allées de mal en pis.

De petits feux se sont mis à éclater un peu partout – dans les placards, les armoires et les coins de chaque pièce de la maison, ainsi qu'à l'extérieur, dans la grange. Famille et amis passaient de longues heures aux aguets, se précipitant pour éteindre les boules de feu lorsqu'elles s'allumaient mystérieusement.

Mais un beau matin, à l'automne 1830, le feu a finalement pris le dessus. La maison a commencé à se remplir de fumée alors que les McDonald déjeunaient dans la cuisine. Fuyant avec seulement les vêtements qu'ils avaient sur le dos, ils se sont joints aux volontaires qui étaient arrivés à la course pour combattre le brasier aussitôt qu'ils avaient aperçu la fumée. Mais leurs efforts ont été inutiles. La maison n'était plus qu'une carcasse calcinée et noircie, et bientôt, la grange y est aussi passée.

Les gens de Baldoon n'ont pas perdu de temps; ils ont aidé M. McDonald à reconstruire sa maison et accueilli sa famille entre-temps. Mais les forces anormales qui tourmentaient les McDonald depuis longtemps semblaient les avoir suivis.

Les voisins, craignant les embrasements éclair qui se produisaient aussi chez eux ainsi que les meubles en mouvement, en sont venus à ne plus vouloir héberger la malheureuse famille. John et sa femme se sont installés dans une tente, tandis que Jane et les enfants sont allés vivre chez le père de John, Daniel. Mais des feux ont également éclaté chez Daniel, et c'est seulement grâce à l'aide d'équipes de voisins vigilants qu'il est parvenu à empêcher que sa maison soit réduite en cendres.

Et puis, au printemps 1831, aussi mystérieusement qu'elle avait commencé, l'horreur a cessé.

Des années plus tard, des voisins ont décrit en détail ce dont ils ont été témoins chez les McDonald et dans leur propre maison. Beaucoup d'entre eux ont aussi souligné à quel point Jane était demeurée calme et heureuse pendant toute l'horrible épreuve. Pour certaines personnes qui font des recherches sur les événements paranormaux, son attitude indiquait clairement que c'était un esprit frappeur – un fantôme méchant et perturbateur – qui avait sévi à Baldoon. Apparemment, les esprits frappeurs harcèlent habituellement les gens lorsqu'une jeune personne est dans les parages. Mais les McDonald ont souffert de bien plus que du harcèlement. C'était la pire des tortures – un tourment effroyable infligé par des forces inconnues, sans aucune raison.

DES FEUX INQUIÉTANTS

Caledonia Mills, Nouvelle-Écosse

Près d'un siècle après l'épisode tourmenté des McDonald en Ontario et plus de 1500 kilomètres à l'est, en Nouvelle-Écosse, une autre famille du nom de Macdonald a vécu un cauchemar semblable.

Au début des années 1900, Alexander Macdonald vivait dans une ferme près de Caledonia Mills, à environ 40 km au sud-est d'Antigonish, avec sa femme, Janet, et leur fille adoptive, Mary Ellen. Comme John McDonald à Baldoon, Alexander Macdonald a essayé de ne pas se laisser perturber par des signes l'avertissant que quelque chose d'étrange se passait peut-être à la ferme.

Comme, en 1921, il avait déjà plus de 70 ans la première fois que les vaches sont sorties de l'étable, il s'est tout simplement dit que ses mains noueuses ne faisaient plus d'aussi bons nœuds qu'avant. Il a seulement veillé à en faire de meilleurs la fois suivante. Mais les vaches se sont encore enfuies. Et encore. Même lorsqu'il enroulait les cordes autour de gros clous, les vaches réussissaient à sortir de leur stalle et à prendre la poudre d'escampette. Son cheval aussi faisait des siennes. Chaque matin, M. Macdonald le trouvait dans une stalle autre que celle où il l'avait enfermé la veille. Pendant deux semaines, les vaches ont continué à s'échapper et le cheval à changer de place. Puis, au grand soulagement de M. Macdonald, ces étranges comportements ont cessé. Plus tard, il allait les considérer comme des désagréments mineurs comparés à ce qu'il allait vivre en janvier 1922.

M. Macdonald a pu donner une explication satisfaisante au premier feu qui s'est déclaré aux petites heures du matin, le 6 janvier. Il l'a découvert seulement lorsqu'il est descendu; il a vu un trou causé par le feu au plafond de la cuisine, juste au-dessus du poêle à bois. Il s'est dit que des cendres rougeoyantes au-dessus du poêle devaient en être la cause, mais il n'a pas compris comment, exactement.

Puis, il a senti la fumée. En suivant l'odeur, il s'est précipité dans le salon, où un canapé et une chaise étaient en feu. Il a étouffé le petit brasier et quitté la pièce. Il avait peur et se sentait troublé.

Quand des feux se sont rallumés trois jours plus tard, M. Macdonald, paniqué, est allé chercher de l'aide chez ses voisins. Trois d'entre eux ont accepté de l'accompagner chez lui pour monter la garde. Cette nuit-là, ils ont étouffé ou arrosé près de 40 feux dans différentes pièces de la maison. Heureusement, aucun des voisins n'a été blessé, car pour une raison inexplicable, les flammes étaient froides.

Les flambées ont continué à éclater soudainement le lendemain et le surlendemain. Finalement, M. Macdonald, sa femme et leur fille en ont eu assez. Épuisés, troublés et complètement terrorisés, ils ont décidé de rester chez des voisins pour quelque temps. L'histoire de leurs tourments a alors voyagé jusqu'à Halifax. L'éditeur du journal *Halifax Herald*, W.H. Dennis, toujours avide de bonnes histoires, a publié un article sur le sujet. Plusieurs semaines plus tard, il a envoyé un reporter du nom de Harold Whidden et un détective, B.O. Carroll, s'informer de ce qui se passait à la ferme des Macdonald.

Quand ils sont arrivés à Caledonia Mills, M. Macdonald a accepté de les recevoir dans sa maison et d'y passer une nuit avec eux. Comme la plupart des meubles avaient été sortis de la maison lors de l'incendie, quand est venu le temps de dormir, les trois hommes se sont installés sur une pile de tapis dans la salle à manger, blottis sous des couvertures pour se protéger du froid hivernal.

Il n'y a eu aucun feu cette nuit-là, mais ce qui s'est passé était d'intérêt médiatique. Carroll a entendu, le premier, les bruits sourds et les pas pesants provenant d'en haut; les deux autres en ont aussi été témoins quand ils se sont réveillés. Après quelques minutes, les bruits se sont déplacés vers le salon. Ensuite, une main invisible a frappé le bras de Whidden et frôlé le poignet de Carroll. Bien que les bruits se soient calmés par la suite et que personne n'ait plus senti le contact d'un revenant, il a fallu tout leur courage aux trois hommes pour passer le reste de la nuit dans la maison.

Quand M. Carroll et M. Whidden ont rapporté ce qui s'était passé à l'éditeur du *Herald*, ce dernier a décidé d'inviter un parapsychologue du nom de Walter F. Prince à effectuer une enquête approfondie sur les feux. M. Prince a accepté de se rendre en Nouvelle-Écosse. En mars 1922, il a passé une semaine à interviewer les Macdonald et leurs voisins et à examiner attentivement la maison aux prises avec des feux qui empoisonnaient l'existence de ses occupants. Il a ensuite remis un rapport sur ses conclusions à M. Dennis, et le *Herald* en a tiré un article.

Les Macdonald ont été très mécontents lorsqu'ils en ont pris connaissance. Le parapsychologue faisait fi de plusieurs témoignages indiquant que leur fille n'était vraiment pas dans les parages quand de nombreux feux avaient éclaté et concluait que Mary Ellen, en proie à une forme quelconque de trouble psychique, avait allumé les feux, sans le savoir probablement. Le couple âgé a démenti le rapport en le qualifiant de spéculatif et sensationnaliste. Et pourquoi pas? Ils étaient alors de retour dans leur maison avec leur fille, leur vie était de nouveau paisible et heureuse, et les feux ne les importunaient plus.

Deux articles sur le fantôme de la Nouvelle-Écosse, tirés du New York Times de mars 1922.

SCIENTIST SETS OUT FOR HAUNTED HOUSE

Dr. Prince of New York Reaches Halifax on Way to Antigonish to Solve Ghost.

TO SPEND A WEEK THERE

DR. PRINCE BEGINS HIS WAIT FOR 'GHOST'

Continued from Page 1, Column 7.

accounts of interviews with earlier witnesses. The second was to subject Mr. Whidden's evidence to a long oral examination. The third was to see various parties acquainted with certain aspects of the case, particularly the character of the original witnesses. My present conclusions may be thus summarized:

" As to Mr. Whidden, I have no doubt whatever that his testimony is absolutely truthful, that he and Carroll heard sounds of unknown origin and experienced sensations which they described as slaps. It is too early for me to pronounce an opinion regarding the cause

of these experiences. Speaking abstractly, they stand on a higher basis of probability as occult events than do the fires, judging by the evidence in other cases, yet that the fires occurred is without question.

" New light upon the entire matter obviously depends upon recurrence of the phenomena while I am in the house. If nothing happens there will be no data on which to work except past testimony already before the public. But if things do happen I shall study them to the utmost detail with the hope of founding a logical verdict upon them.

" No extravagant expectations should be entertained. I do not expect that I shall witness fires or see vistors. That singular sounds and even physical sensations may be experienced is, judging by other cases known to me personally, not improbable, but nothing whatever may occur, and if anything does it may be quite tame to the average man. On the other hand, a mere succession of sounds, if it could be proved that they were not due to physical causes, would be of transcendent significance to science."

... me up.

... I would con... ...grettable if through this ...ness I should miss any supernatural demonstration."

Out of the seventeen mysterious cases which Dr. Prince has investigated the one he is now trailing, he says, is the

LE CAPITAINE DÉCAPITÉ

St. John's, Terre-Neuve-et-Labrador

Il y a plus de 250 ans, une très belle jeune femme vivait dans une maison de St. John's, Terre-Neuve. Trahison et jalousie sont venues troubler la quiétude de l'endroit et ont donné lieu à une histoire terrifiante, qui se transmet depuis, de génération en génération.

Samuel Pettyham, qui avait loué la maison en question quelques années plus tard, ne vivait pas dans la maison depuis longtemps quand il a commencé à s'y sentir quelque peu mal à l'aise. Ce qui l'effrayait le plus était la façon dont les loquets des portes avant et arrière se soulevaient mystérieusement la nuit. Quand il ouvrait toutes grandes les portes pour voir qui essayait d'entrer, il n'y avait personne à l'extérieur. M. Pettyham était importuné par ces incidents, mais pas suffisamment pour que cela l'incite à déménager. Il s'est plutôt assuré que, chaque soir, les deux portes étaient bien fermées et verrouillées. Mais une nuit, quelque chose s'est produit qui l'a presque fait mourir de peur.

Il rentrait chez lui après avoir visité un ami quand il a aperçu une étrange lueur au loin. En s'approchant, il a vu ce qui ressemblait à la silhouette d'une personne au bout de la rue, près de sa porte d'entrée. Se pouvait-il que ce soit la personne qui avait tenté d'entrer chez lui? Samuel Pettyham a fait quelques pas en avant, puis s'est immobilisé, pétrifié. Il pouvait voir maintenant que la grande silhouette devant lui était un homme sans tête.

M. Pettyham a aussitôt fait demi-tour, a remonté la rue à toute vitesse et a tourné le coin. Tremblant de peur, il a frappé à grands coups à la porte d'une maison de chambres située non loin et a supplié qu'on le laisse entrer. Le propriétaire lui a ouvert et a réussi à le calmer assez pour qu'il lui raconte ce qui s'était passé. C'est alors que Samuel Pettyman a appris qu'une ravissante jeune femme avait habité dans sa maison et que deux hommes l'avaient aimée. L'un était un voisin, l'autre, un beau et grand capitaine anglais qui lui rendait visite toutes les fois qu'il amarrait son bateau dans le port de St. John's.

Le voisin avait fini par apprendre que le capitaine visitait, tard le soir, la femme qu'il croyait être son amoureuse. Un soir, alors que le bateau du capitaine était dans le port, le voisin s'était rendu chez sa petite amie et, écumant de rage et de jalousie, avait attendu dans l'ombre, guettant la porte d'entrée. Au moment où le capitaine était sorti de la maison dans le clair de lune, l'amoureux obsédé s'était élancé en brandissant une épée à la lame tranchante. Un coup furieux avait suffi. Quelques secondes plus tard, le capitaine gisait sur la rue, mort, sa tête ensanglantée à côté de lui.

Selon le propriétaire de la maison de chambres, Samuel Pettyham avait simplement vu le fantôme du capitaine. D'autres dans le quartier l'avaient vu avant et il ne serait sûrement pas le dernier à le rencontrer. Comme le meurtrier n'avait jamais été capturé, il se pouvait fort bien que l'esprit du capitaine continue à revenir sur la scène du crime pour le trouver.

Quelle que soit la raison de cette apparition, ce soir de 1745, Samuel Pettyham n'avait nullement l'intention de retourner dormir chez lui, là où rôdait le spectre du capitaine décapité. Il a loué une chambre sur place et y a passé le reste de la pire nuit de sa vie.

MEURTRE ODIEUX

Regina, Saskatchewan

De temps à autre, le système de surveillance du 1925, avenue Victoria, au centre-ville de Regina, en Saskatchewan, indique qu'il y a quelqu'un au troisième étage, même s'il n'y a personne. Personne de vivant, à tout le moins.

Pour certains des gens qui travaillent dans le bâtiment, le fait que le système peut détecter le mouvement mystérieux est la preuve qu'ils n'étaient pas simplement victimes de leur imagination quand ils ont vu la jeune femme à la flamboyante chevelure rousse aller d'une pièce à l'autre au troisième étage. Ils en déduisent que c'est également elle qui allume et éteint là-haut.

Il y a maintenant un restaurant au rez-de-chaussée du

1925, avenue Victoria, mais le bâtiment était autrefois entièrement occupé par un club privé pour hommes, le Club Assiniboia. Le bel édifice historique a été entièrement rénové et le club n'occupe maintenant que les deux étages supérieurs.

Des femmes font aussi partie du club aujourd'hui. Les règlements qui les en bannissaient ont été abolis en 1988. Mais il y a des dizaines d'années, alors que les femmes n'étaient même pas censées mettre le pied dans le bâtiment, quelques jeunes femmes y entraient tout de même en se faufilant par une porte de côté et gravissaient les escaliers menant à des chambres privées, au troisième étage. Des membres qui étaient en ville pour affaires pouvaient, à la fin d'une longue journée de travail, rester dans ces chambres pour la nuit au lieu d'aller à l'hôtel. Mais certains hommes y faisaient monter discrètement des compagnes, et on dit que le fantôme qui hante le Club Assiniboia serait une de ces jeunes femmes.

Le Club Assiniboia à Regina, en Saskatchewan

Selon une histoire expliquant pourquoi la jeune femme s'attarde sur les lieux, elle venait souvent visiter un certain membre et en était tombée amoureuse. Quand elle lui a dévoilé ses sentiments, il lui a dit qu'il ne désirait plus la voir. Mais elle voulait continuer à le fréquenter.

Certains disent que l'homme craignait qu'elle lui cause toutes sortes d'ennuis. Quelle que soit la raison, on prétend qu'il a fait en sorte qu'elle soit assassinée au club.

Après qu'elle a été tuée à la hache, son amant et quelques autres membres se sont chargés de faire disparaître son corps. Mais pas même la mort n'a pu l'éloigner du club. Depuis plus de 50 ans, elle continue à retourner au troisième étage. Mais pourquoi? Vient-elle d'outre-tombe pour essayer de se venger? Ou pour que justice soit faite? Ou cherche-t-elle toujours un amour qu'elle a perdu depuis si longtemps?

LA DAME QUI DISPARAÎT

Kingston, Ontario

On raconte qu'un petit ami sans pitié serait aussi à l'origine de la mort horrible d'une jeune femme dont la présence hante les maisons situées entre les numéros 300 et 400, rue King Est, dans la partie historique du centre ville de Kingston, en Ontario. Contrairement au membre anonyme du Club Assiniboia, cet homme a un nom : John Napier.

Selon une des histoires de revenant les plus connues dans la région de Kingston, Napier avait, en 1868, une petite amie appelée Theresa Beam. Un soir, il a organisé un rendez-vous secret avec elle dans une ruelle de la rue King. Mais lorsqu'ils se sont rencontrés, au lieu de s'enlacer et de s'embrasser, ils se sont mis à se disputer. La dispute s'est terminée lorsque Napier a étranglé Theresa de ses mains nues. L'histoire raconte que, pour camoufler son crime, il a enterré le corps de la jeune femme non loin de là.

Au cours des années qui ont suivi, des personnes ont rapporté avoir aperçu une jolie petite femme vêtue d'une longue robe noire démodée se promenant mystérieusement dans le voisinage. Quand quelqu'un essaie de lui adresser la parole, elle disparaît.

Dans les années 1970, un photographe qui louait un studio au 348, rue King Est, était tellement ennuyé par les coups sinistres qu'il entendait, habituellement trois de suite, qu'avec son assistant, il a fini par utiliser un jeu Ouija pour tenter de comprendre ce qui se passait. Ils ont affirmé être entrés en communication avec l'esprit de Theresa et avoir appris qu'elle était à l'origine des sons étranges. L'esprit leur a aussi fait croire que ses restes étaient enterrés dans la cave et qu'elle ne pouvait pas trouver le repos depuis sa mort, car elle n'était pas enterrée en terre consacrée.

Un autre locataire, aussi importuné par des coups et des bruits inexplicables et connaissant l'histoire du photographe, a fait creuser la cave, mais n'a pas trouvé d'os ensevelis. Lorsque d'autres travaux ont été effectués dans le sous-sol, quelques années plus tard, une équipe de travailleurs a dégagé un passage muré menant à la porte voisine, le 350, rue King. Peut-être le corps de Theresa est-il plutôt enterré dans la cave de cette maison? Après tout, les bâtiments sont reliés.

Mais creuser une cave est un projet coûteux et la plupart des gens, dont les propriétaires du 350, rue King, ne veulent pas débourser une fortune pour chasser un revenant. C'est pourquoi les restes de Theresa Beam ne reposent pas encore en paix et qu'on raconte toujours son histoire.

Ouija – le jeu qui parle

En 1890, il y a un engouement pour le spiritisme et on tente d'entrer en contact avec les défunts. Cette année-là, Elijah Bond de Baltimore, au Maryland, invente un plateau recouvert de l'alphabet lequel, prétend-il, donnera une « réponse intelligente à toute question ». Le plateau est muni d'un pointeur sur petites pattes. Quand les joueurs posent délicatement leurs doigts dessus, ils doivent répondre aux questions en glissant vers les mots OUI ou NON, ainsi que vers des lettres qui servent à composer des noms et d'autres mots. Bond et deux partenaires fondent une entreprise, la Kennard Novelty Company, nomment leur invention Jeu Ouija (une combinaison du mot « oui » en français et en allemand) et la mettent en marché sous la forme d'un jeu de société. Le jeu connaît un grand succès.

Un des jeux Ouija originaux créés par Elijah Bond

En 1901, William Fuld achète l'entreprise et produit le jeu en série. Ses enfants prennent ensuite la relève jusqu'à ce que la société Parker Brothers fasse l'acquisition du jeu en 1966.

De nos jours, Parker Brothers et plusieurs autres entreprises vendent toujours des jeux Ouija et il y a encore des gens pour croire que le plateau peut répondre à leurs questions et les aider à entrer en contact avec les esprits des défunts.

Ils changeraient peut-être d'avis s'ils essayaient de jouer les yeux bandés et demandaient à quelqu'un d'autre de noter les lettres que le pointeur indique. En retirant le bandeau, ils pourraient être surpris de voir les mots sans queue ni tête que Ouija a formés. Ils pourraient en venir à se demander s'il ne s'agit pas que d'un jeu.

Après tout, c'est bien d'un jeu qu'il s'agit... non?

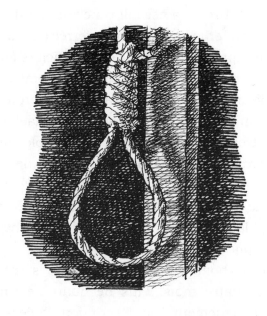

LE FANTÔME DU FUGITIF

London, Ontario

On entend des bruits étranges dans le vieux palais de Justice de London, en Ontario. Il y a aussi des endroits qui deviennent soudain d'un froid glacial. On prétend que ces mystérieux faits sont l'œuvre du fantôme de Peg-Leg Brown qui a été pendu dans la cour de la prison, le 17 mai 1899.

Le vrai nom de Peg-Leg était Marion Brown. C'était un jeune cow-boy du Texas qui avait perdu la jambe gauche en essayant de monter à bord d'un train de marchandises roulant lentement. Dans la vingtaine, il avait acquis une réputation de voleur et de fauteur de troubles qui n'avait pas peur d'utiliser le revolver qu'il portait toujours sur lui. Alors qu'il était recherché par la police américaine à la fin des années 1890, il a réussi à se rendre dans le nord du pays pour finalement traverser la frontière et entrer au Canada. Le matin du 24 juin 1898, Brown a assailli un cheminot qui tentait de l'empêcher de traîner le long de la voie ferrée à London. Quand l'attaque a été rapportée à la police, des officiers en patrouille se sont mis à la recherche d'un homme à la jambe de bois qui portait, la dernière fois qu'il avait été aperçu, un large chapeau noir à bords flottants. L'agent Michael Toohey, un jeune père de trois enfants, a aperçu le coupable dans une rue de la ville, tard ce soir-là. Quand il a tenté de l'arrêter, ce dernier a sorti un revolver et tiré deux fois. Le deuxième coup a été fatal. Puis le tueur a disparu dans la noirceur en boitant, laissant dans la poussière, derrière lui, son chapeau noir, preuve d'un crime vicieux et gratuit.

La chasse à l'homme transfrontière qui s'est ensuivie a duré près de quatre mois. Plus de quarante unijambistes correspondant vaguement à la description de Peg-Leg ont été arrêtés, puis relâchés quand ils ont pu prouver leur innocence. Finalement, Brown a été repéré près de Seattle, dans l'État de Washington et, selon les dires de nombreux avocats, illégalement ramené au Canada pour y être jugé. Afin de s'assurer qu'il ne s'évaderait pas pendant le long voyage vers l'est le ramenant à London, les gardiens lui ont confisqué sa jambe de bois.

La capture de Brown, le procès devant jury et une condamnation basée sur des preuves circonstancielles plutôt minces ont fait la une des journaux. Brown a maintenu qu'il était innocent jusqu'à la fin, mais lorsqu'un juge l'a condamné à la pendaison pour le meurtre de Toohey, la foule rassemblée à l'extérieur du palais de Justice a applaudi le verdict. Elle était aussi prête à applaudir quand elle a fait la queue pour assister à son exécution, le 17 mai 1899. Mais la plupart des gens n'ont pas été admis dans la cour de la prison où l'échafaud avait été érigé.

Brown priait calmement en montant sur l'échafaud et n'a opposé aucune résistance lorsque le bourreau lui a glissé le nœud coulant autour du cou et l'a serré. Mais lorsque la trappe s'est ouverte et qu'il a chuté vers sa mort, un énorme éclair a transpercé le ciel matinal, suivi d'un coup de tonnerre déchirant. Au même moment, le pasteur qui s'était tenu près de Brown pour le réconforter s'est mis à crier : « Mon Dieu, pardonnez-nous. Mon Dieu, pardonnez notre pays. »

Les circonstances sinistres entourant la mort de Brown sont à l'origine de toutes sortes d'histoires; on dit qu'il serait retourné à la prison du palais de Justice pour hanter les lieux. Au cours des années, les gardiens auraient prévenu les prisonniers bagarreurs que le fantôme de Brown passerait la nuit avec eux s'ils ne se calmaient pas. On a aussi dit que peu de temps avant sa mort, Brown avait affirmé qu'il ne

Le vieux palais de justice de London, Ontario

pousserait jamais de gazon sur sa tombe. Et c'est ce qui s'est produit. Le corps de Brown avait été enterré dans la cour de la prison, qu'on a fini par paver. En 1985, des travailleurs effectuant des travaux sur un chantier ont déterré les restes d'un unijambiste identifié comme étant Brown. C'est seulement alors que son corps a pu trouver le repos, dans le cimetière gazonné d'une église.

Mais si l'esprit de Brown y repose finalement en paix, pourquoi alors certaines personnes sentent-elles toujours la présence d'un fantôme dans le vieux palais de Justice ou entendent-elles le « toc, toc » d'une jambe de bois traversant la pièce, surtout le 17 mai, jour de l'anniversaire de l'exécution de Brown?

LA RELIGIEUSE DÉCAPITÉE

French Fort Cove, Nouvelle-Écosse

Pendant que des soldats britanniques forçaient des Acadiens (pionniers français vivant dans les provinces maritimes) à quitter la Nouvelle-Écosse, en 1755, un petit groupe d'Acadiens habitant le long de la rivière Miramichi à l'est de Chatham, au Nouveau-Brunswick, se préparait à leur livrer bataille.

Ils avaient dressé un camp à French Fort Cove, apportant du renfort aux soldats français en poste au petit fort et les aidant à se constituer des réserves de nourriture et de munitions. Puis, toujours sur leur garde, ils avaient vaqué à leurs occupations quotidiennes.

Mais une expulsion possible par les Britanniques n'était pas la seule menace à laquelle ils devaient faire face. La lèpre

– une terrible maladie qui ravageait la peau – avait infecté la communauté. Ceux qui en souffraient devaient s'isoler sur une petite île, non loin de là.

Une religieuse du nom de Marie Inconnu travaillait d'arrache-pied autour de la crique, soignant les malades, s'occupant des personnes âgées et aidant les femmes enceintes à mettre au monde leur bébé. Tous l'adoraient. C'est donc avec elle que deux veuves ont partagé leur secret. Elles lui ont révélé où elles avaient enterré les biens les plus précieux de leurs familles et amis afin que les soldats ne puissent pas les voler si les Britanniques attaquaient.

Malheureusement, les deux femmes sont tombées malades et sont mortes. Certaines personnes ont appris que sœur Marie était la seule personne vivante à savoir où les trésors étaient enfouis. C'est pourquoi deux hommes torturés par la lèpre l'ont attaquée un soir, alors qu'elle traversait la passerelle enjambant un ruisseau qui coulait dans la crique. Cherchant désespérément à fuir leur vie ruinée, ils étaient prêts à tout pour obtenir l'argent qui leur permettrait de payer le capitaine d'un bateau et de s'enfuir, loin de Miramichi.

Les hommes ont attrapé sœur Marie et lui ont demandé de leur dire où étaient enfouies les richesses. Devant son refus, ils ont commencé à la battre à tour de rôle. Elle ne disait toujours rien. Finalement, l'un des deux forcenés a sorti son épée et lui a tranché la tête. Avant de prendre la fuite avec son partenaire et d'abandonner le cadavre ensanglanté de sœur Marie sur le pont, il a ramassé la tête et l'a jetée dans le ruisseau. On ne l'a jamais retrouvée.

En signe de respect pour elle, les soldats français en garnison au petit fort ont finalement pris des arrangements afin que les restes de sœur Marie soient envoyés en France et qu'elle puisse être inhumée avec les autres membres de sa famille. Mais on dit que, sans sa tête, elle n'a jamais pu trouver le repos là-bas et que son esprit est demeuré en Acadie pour chercher sa tête. Depuis plus de deux cents ans, son horrible apparition décapitée épouvante les gens autour de French Fort Cove, surtout les prétendus chasseurs de trésor. Aussi longtemps qu'elle gardera le secret de la cachette, il est peu probable que les objets de valeur qui ont appartenu aux pionniers de French Fort soient jamais retrouvés.

LA TÊTE QUI PARLAIT

Montréal, Québec

Jean de Saint-Père était un notaire arrivé en Nouvelle-France au début des années 1640 pour s'établir à Montréal. Il y avait épousé une femme appelée Mathurine Godé, et le couple avait eu deux enfants. Des dossiers de l'époque, conservés jusqu'à ce jour, contiennent d'autres détails sur sa vie, mais rien n'est aussi étrange que le récit de ce qui est arrivé quand il est mort en 1657, aux mains de quelques guerriers oneidas.

Jean de Saint-Père, accompagné d'un serviteur, aidait son beau-père à construire une maison quand l'expédition guerrière a attaqué. Les trois hommes ont été tués, mais Jean de Saint-Père a aussi été décapité. Emportant sa tête en guise de trophée, les guerriers se sont empressés de quitter les lieux. La très célèbre sainte Marguerite Bourgeois, la première institutrice de Nouvelle-France, faisait partie de ceux qui ont raconté ce qui est arrivé par la suite.

Tandis que les guerriers s'enfonçaient dans la forêt, la tête de Jean de Saint-Père s'est mise à parler. Non seulement parlait-elle, mais elle le faisait dans une langue iroquoise que Saint-Père ne connaissait pas de son vivant. Même après que les Oneidas horrifiés ont enterré l'abominable tête, ils ont continué à entendre la voix de Saint-Père les prévenant de leur défaite imminente aux mains des Français. Marguerite Bourgeois et d'autres témoins ont raconté plus tard que les guerriers iroquois leur avaient relaté l'histoire de la tête de Saint-Père qui parlait.

Marguerite Bourgeois

L'HOMME GRIS

Montréal, Québec

Cinquante-cinq années se sont écoulées depuis que Sarah Hartt, auteure torontoise de livres jeunesse, a vu l'homme gris pour la première fois. Mais elle s'en souvient comme si c'était hier.

Elle vivait avec sa famille – ses parents, trois frères et une sœur aînés – dans un appartement au rez-de-chaussée d'une maison sise rue Saint-Urbain, à Montréal. C'était dans les années 1940.

Sarah avait alors sept ans et elle était seule à la maison avec sa mère. Allongée par terre dans la chambre de ses frères, elle s'amusait à colorier un drapeau dans son album quand un « Oh, non! » lancé à voix basse dans la cuisine l'a interrompue. Elle s'est dit que sa mère avait probablement juste laissé échapper quelque chose. Elle ne s'est donc pas inquiétée, mais a tout de même levé les yeux pour regarder en direction de la porte de la chambre, qui était ouverte.

C'est alors qu'elle a aperçu un homme portant un complet et un chapeau qui passait lentement dans le couloir, se dirigeant vers la salle à manger. Elle ne le connaissait pas, ses pas étaient silencieux et il avait une forme qui lui paraissait grisâtre, presque translucide. Ne sachant pas trop quoi penser de ce qu'elle venait de voir et ne voulant pas troubler sa mère, elle n'a parlé à personne de la sinistre apparition de l'homme gris.

La deuxième fois que Sarah l'a vu, sa famille venait tout juste d'arriver à la maison, après une excursion d'une journée dans la vieille Ford de son père. C'était une chaude soirée d'été, et une pluie fine tombait. Au moment où son père se garait devant la maison, il a soudain annoncé que tout le monde devait rester dans la voiture.

Hartt se rappelle avoir passé un long moment dans la chaleur suffocante de la Ford où ils étaient entassés, avant que son père finisse par les laisser sortir. Elle se rappelle aussi très clairement avoir regardé à travers la vitre ruisselante et avoir aperçu l'homme gris à côté de la porte d'entrée de leur maison. Une fois de plus, Sarah n'a pas dit qu'elle l'avait vu et son père n'a pas dit non plus pourquoi il gardait sa famille dans la voiture.

Une autre fois, par contre, lorsque quelque chose de très sinistre est arrivé à la maison, le père de Sarah en a parlé. La famille était rassemblée autour de la table de la salle à manger pour le souper de Pessah, ou seder, quand un couteau s'est soudain soulevé de la table pour retomber sur un plateau spécial rempli de nourriture et le craquer en deux. D'une voix tremblante de peur, le père de Sarah a prononcé une phrase inoubliable : « Satan est dans cette maison! » Ensuite, il a insisté pour que le repas cérémonial se poursuive comme si rien ne s'était passé.

En se remémorant ce soir-là, Hartt, devenue adulte, s'est demandé si une présence d'un autre monde s'était trouvée dans la maison depuis longtemps et si ce n'était pas la raison pour laquelle le propriétaire avait gardé le prix du loyer si bas.

Quelques années après l'incident du seder, Sarah et son frère discutaient d'un article paru dans le journal de fin de semaine, lequel portait sur les fantômes et les lieux hantés. Un encadré latéral mentionnait que les fantômes prenaient à l'occasion la forme « d'illuminations rectangulaires ».

« J'en ai déjà vu! » s'est écriée Sarah. Puis elle a raconté à son frère comment, une nuit, elle s'était réveillée et avait aperçu un rectangle de lumière sur le mur. Curieuse, elle était sortie de son lit, avait grimpé sur la commode et placé sa main devant la forme lumineuse pour voir si sa main ferait de l'ombre. Si elle en faisait, se rappelle-t-elle avoir pensé, elle saurait que la lumière rebondissait d'un miroir ou pénétrait par le store de la fenêtre d'une étrange façon. Mais sa main n'avait pas découpé d'ombre. La lumière semblait provenir du mur même. Sarah était descendue de la commode à toute vitesse pour se rendre dans la chambre de ses parents. Quand elle avait raconté à sa mère ce qu'elle avait vu, celle-ci lui avait répondu qu'elle devait avoir rêvé et l'avait laissée se pelotonner près d'elle le reste de la nuit.

Après avoir parlé de la lumière spectrale à son frère, Sarah a trouvé le courage de mentionner l'homme gris. À son grand étonnement, son frère a admis qu'il l'avait aussi vu. Il lui a ensuite raconté une expérience terrifiante qu'il avait vécue en revenant de l'école, un après-midi. Il venait d'ouvrir la porte quand il avait senti une main froide aux doigts moites se cramponner autour de son poignet. Il avait arraché sa main de l'emprise, claqué la porte derrière lui et couru jusque chez sa grand-mère, six coins de rue plus loin.

Le fait de savoir qu'ils avaient tous deux rencontré l'homme gris a donné aux enfants le courage d'en parler à leur mère. Elle a été étonnée d'apprendre qu'ils l'avaient vu et leur a avoué qu'il était souvent apparu dans la cuisine, mais qu'elle n'avait pas voulu en parler, de peur d'effrayer quelqu'un.

En 1954, alors que Sarah avait douze ans, sa famille a quitté l'appartement de la rue Saint-Urbain. Le jour du déménagement, juste avant le départ du camion chargé de leurs biens, Sarah et celui de ses frères que la main du fantôme avait empoigné jetaient un dernier regard un peu partout afin de s'assurer que rien n'avait été oublié. Au moment où ils quittaient une pièce et que son frère s'apprêtait à éteindre la lumière, il n'a pas pu terminer son geste. La lumière s'est éteinte d'elle-même. Hartt se souvient avoir pensé que c'était peut-être la façon pour l'homme gris de leur dire au revoir.

LES MARINS FANTÔMES
DU CHARLES HASKELL

Grands Bancs, Terre-Neuve-et-Labrador

Mars 1866. George W. Scott, 17 ans, était un des trois Néo-écossais à bord du *Charles Haskell,* une goélette fabriquée aux États-Unis faisant route vers Les Grands Bancs, où abondait la morue. Le reste de l'équipage venait de Gloucester, au Massachusetts. Le 6 mars, un violent orage se préparait et le capitaine du *Haskell* avait décidé de mettre le cap sur le Banc Georges, à l'extrémité sud-ouest des Grands Bancs de Terre-Neuve et du Labrador. Comme l'eau y était peu profonde, il serait possible de jeter l'ancre et d'étaler la tempête.

Des douzaines d'autres capitaines de goélette avaient pris la même décision; à minuit, la plupart des flottilles de pêche de l'Atlantique Nord se trouvant dans la région étaient ancrées sur le Banc Georges. Mais alors que des vagues toutes plus monstrueuses les unes que les autres s'écrasaient sur les bateaux, l'un d'eux a brisé son ancre et, avec le vent comme pilote, a foncé en direction du *Charles Haskell*. Dans un effort désespéré pour empêcher une collision, le capitaine du *Haskell* a donné l'ordre de couper le câble de l'ancre. À la toute dernière minute, son bateau a échappé au danger, mais il est aussi devenu incontrôlable et s'est dirigé tout droit vers une autre goélette ancrée, l'*Andrew Jackson*. Dans toutes autres circonstances où deux bateaux seraient entrés en collision dans une telle tempête, l'accident aurait été fatal pour les deux. Mais aux petites heures du matin du 7 mars 1866, lorsque ces deux goélettes se sont heurtées, l'*Andrew Jackson* a coulé à pic avec tous ses hommes tandis que le *Charles Haskell* n'a pas sombré. Tous les membres de son équipage, horrifiés, mais aucunement blessés, ont survécu.

Le *Haskell* endommagé a finalement réussi à regagner le port pour se faire réparer, mais le jeune Scott et le reste de l'équipage ont refusé par la suite de reprendre la mer à son bord. Selon les rumeurs, la goélette était maudite, même avant sa première traversée. Apparemment, un membre de l'équipe de construction navale qui avait travaillé dessus juste avant son lancement était tombé et s'était cassé le cou. Les marins locaux avaient interprété sa mort comme un mauvais présage, un signe d'avenir trouble. Ainsi, après le naufrage de l'*Andrew Jackson*, le propriétaire du *Charles Haskell* a eu encore plus de mal à lui trouver un capitaine et un équipage.

Quelques mois plus tard, cependant, la goélette était de retour sur la mer pour la pêche à la morue. Un soir, alors qu'elle naviguait au-dessus du Banc Georges et qu'il n'y avait aucun autre bateau dans les environs, deux hommes sur le pont ont eu la peur de leur vie. Sous leurs yeux horrifiés, plusieurs hommes vêtus de cirés ont grimpé à bord par le côté. Ils étaient ruisselants et, dans le clair de lune, leur visage paraissait gris. Sans un mot, ils se sont mis à l'œuvre sur le pont, comme s'ils lançaient des filets de pêche à la mer. Les deux hommes épouvantés ont appelé leurs collègues en bas, et lorsque le reste de l'équipage est arrivé sur le pont à la hâte, il a aussi vu l'équipe fantôme au travail. Au bout de quelques minutes, aussi mystérieusement qu'ils étaient apparus, les revenants ont de nouveau enjambé la lisse et se sont glissés dans les eaux glaciales de l'Atlantique.

D'après une vieille superstition, quelqu'un qui se noie en mer va retourner au bateau sur lequel il se trouvait, si jamais le bateau revient à l'endroit où la personne est morte. L'équipage maudit de l'*Andrew Jackson* ne pourrait jamais retrouver son bateau, la mer l'ayant englouti. Mais lorsque le bateau qui les avait envoyés sous les eaux a navigué à l'endroit où ils s'étaient noyés, ils sont montés à bord à la place. Aux dires de l'équipage du *Charles Haskell*, c'était la seule explication plausible à la scène cauchemardesque qui s'était déroulée sous leurs yeux alors qu'ils dérivaient au-dessus du Banc Georges.

PANIQUE AUTOUR
DU FEU DE CAMP

Dunnville, Ontario

L'histoire d'Anson Minor est probablement une légende urbaine – une histoire qui, selon certaines personnes, serait véridique parce qu'elle est arrivée, du moins c'est ce qu'elles prétendent, à quelqu'un qu'elles connaissent ou à quelqu'un qui connaissait quelqu'un qui connaissait... La terreur qu'inspire l'histoire ne repose pas sur sa véracité, mais sur les expériences de jeunes campeurs qui y croient depuis des années et qui ont été complètement terrorisés par elle.

Selon une version populaire de l'histoire d'Anson Minor, celui-ci a vécu à Dunnville, en Ontario, sur les rives du lac Érié. Dans les années 1920, il a perdu une jambe lors d'un accident de tracteur sur sa ferme. On lui a posé une jambe de bois qu'il avait en horreur, et le fait d'avoir à vivre ainsi l'a lentement rendu fou. Il en est venu à retourner son accablante frustration contre sa famille et à tuer sa femme et son fils. On dit qu'il est mort plusieurs années après, dans un hôpital pour criminels aliénés.

Après la mort d'Anson Minor, ses héritiers ont vendu sa propriété et, dans les années 1940, les nouveaux propriétaires en ont fait un camp d'été, le Camp Kvutzah. Ils ne connaissaient pas, au début, les rumeurs prétendant que le fantôme de Minor n'était nullement pressé de quitter son vieux domaine. Au cours des années, quelques campeurs ont, en effet, aperçu une forme vaporeuse dans les bois. On a donc commencé à croire véritablement que Minor hantait les lieux, d'autant plus que les animateurs du camp utilisaient cet argument pour persuader les nouveaux de se dépêcher de rentrer, à l'heure du coucher. Pour se faire encore plus convaincants, quelques animateurs ont même légèrement embelli l'histoire, ajoutant le « fait » bien connu que Minor détestait vraiment que des campeurs restent sur ses terres et qu'il avait une boule attachée avec une chaîne à la cheville de sa vraie jambe, pas à celle en bois. Avec ce détail ajouté à l'histoire de Minor, le cliquetis d'une chaîne, à l'occasion, pouvait envoyer, même le jeune le plus récalcitrant, se réfugier à toute vitesse à l'intérieur.

L'été avant que le Camp Kvutzah ferme pour de bon, un jeune animateur a décidé d'essayer d'impressionner une animatrice qu'il aimait beaucoup. Il s'est vanté de ne pas craindre le fantôme de Minor, ajoutant qu'il ne croyait même pas à son existence. Il a accepté de passer la nuit attaché à un arbre au fond du bois. Le lendemain matin, quand les autres animateurs sont allés le détacher, ils ont constaté que ses cheveux étaient devenus complètement blancs et qu'il avait un regard vitreux. Quand ses amis lui ont demandé ce qui s'était passé, il n'a rien voulu dire – pas à ce moment-là et jamais par la suite. Tout le monde s'est dit que Minor lui avait rendu visite.

On raconte qu'après la fermeture du Camp Kvutzah, le fantôme de Minor s'en est finalement allé – mais pas pour reposer en paix dans l'au-delà. Il est simplement allé dans un autre camp d'été, puis dans un autre, et un autre encore, pour hanter les campeurs partout dans la province et surtout le premier juillet, anniversaire de sa mort. Le son de sa jambe de bois, heurtant le sol dans les bois en traînant une boule et une chaîne, les avertit qu'il n'est pas loin. C'est du moins ce que racontent certains animateurs aux jeunes qui arrivent pour la fin de semaine de la Fête du Canada et qui ont hâte de faire leur premier séjour dans un camp d'été.

Après avoir entendu l'histoire de Minor, les campeurs se pelotonnent dans leur sac de couchage, les yeux grands ouverts dans le noir, espérant ne pas entendre de bruits étranges à l'extérieur de la tente ou du campement. Ils sont profondément terrifiés, même si l'histoire d'Anson Minor n'est pas tout à fait vrai.

CRÉDITS-PHOTOS